Tamina Albo

Leave the past alone

Das Leben hinter verschlossener Tür

Dramaturgie

Bibliografische Information der Deutschen Nationalbibliothek:
Die Deutsche Nationalbibliothek verzeichnet diese Publikation
in der Deutschen Nationalbibliografie;
detaillierte bibliografische Daten sind im Internet
über dnb.dnb.de abrufbar.

Herstellung und Verlag:
BoD – Books on Demand, Norderstedt

ISBN: 978-3-848-25650-1

Für Charly

Zum Buch

Das Gefühl von der krankhaften Gefangenschaft. Von der Kontrolle eines Menschen, der die Macht über ein anderes Leben besitzt. Das Leben nur noch deshalb zu leben, weil man es einer anderen Person recht machen will.

Für die 13-jährige Maryline die dunkle Realität. Für den Leser eine gefühlsergreifende Sicht in das Leben eines unschuldigen Mädchens, das für die Vergangenheit ihrer psychisch kranken Großmutter keine Schuld trägt und dennoch dafür büßen muss.
Die Vergangenheit wird in Frage gestellt. Den Leser erwarten zwei völlig unterschiedliche Sichtweisen in das Leben hinter verschlossener Tür. Unerklärliche Dinge passieren. Bis es zu Vorfällen kommt, die alldem einen Sinn geben.

Prolog

Das Leben ist hart. Es stellt uns immer wieder auf die Probe und testet unsere Grenzen aus. Bis es so weit kommt, dass man sich die Frage stellt, warum? Wie weit und lange soll das noch so weitergehen? Das fragt man sich immer wieder, bis man einsehen muss, dass die Sorgen sinnlos sind; die Gedanken sind egal; das Schicksal ist entscheidend.

Du wirst immer wieder aus dem Gleichgewicht gebracht. Wenn du glaubst die Lösung gefunden zu haben, gibt es fast immer irgend etwas, das dich davon abbringt, bis du irgendwann nicht mehr du bist. Weil dein ICH von Tag zu Tag verändert wird. Du fühlst dich gefangen, wie eine Marionette, deren Leben bestimmt wird, bestimmt von einer einzigen Person, die man trotz der krankhaften Gefangenschaft bedingungslos liebt.

Weil man das Leben nicht anders kennt.

Kapitel 1

Von wem ich rede ?

Diese Worte waren an meine Großmutter gerichtet. Die Leute im Dorf nannten sie eine Hexe. Sie warfen Steine an die Gitter vor den Fenstern und beschimpften uns mit Wörtern, die ich eher ungern erwähnen möchte.
Bis heute habe ich nicht verstanden was in den Menschen da draußen vorging. Sie kannten weder meine Großmutter besonders gut, noch mich und machten trotz des Nebels, der das Haus zu verstecken schien, den weiten Weg hier her, ans andere Ende des Waldes.
Doch eigentlich war von unserem Haus, ja beinahe Villa, nicht viel zu sehen. Das alte Gemäuer war von dichtem Efeu umgeben, das Einzige was man mit dem bloßen Auge erkennen konnte, waren die rostigen Gitter, die vor den Fenstern verrotteten.
Es mag sich seltsam - gar gruselig anhören - doch ich kannte diese Welt da draußen nicht. Das Einzige was ich von dem stürmischen Wind außerhalb zu spüren bekam, lag abseits der Abstellkammer.

11

Bei uns führte die Regenrinne nicht nach draußen, nein sie führte hinein und unter ihr war ein alter Kupfertopf angebracht. Mit dem frischen Regenwasser versorgte Großmutter die Kräuter.

Nach dem Aufstehen war es das Erste was ich tat: Ich nahm meine alte Wolldecke, breitete sie auf dem alten staubigen Boden aus und steckte meinen Kopf in das Rohr. Wenn ich Glück hatte war es stürmisch und kühl, dann ließ sich die frische Luft auf meinem Gesicht nieder, so dass es mir das Gefühl von Schwerelosigkeit vermittelte. Es war wie ein kurzer Augenblick ohne Sorgen und ohne Gedanken. Doch das hielt nicht lange an.
Immer wieder spürte ich kleine Käfer, die durch die Wasserfluten hinein gespült wurden. Sie krochen aus dem Rohr und verschwanden in den Ritzen des Holzbodens.

Nach dem ich etwas Energie getankt hatte, stellte ich den Topf zurück. Mit einem unangenehmen Quietschen schloss ich die Tür. Doch als ich mein Zimmer betrat, sah ich in die strengen Augen des Butlers.

Falco deutete auf die alte Wanduhr.

„Miss Maryline, ich dulde keine Ausreden! Sie sollten sich um 8.00 Uhr angezogen und frisch gewaschen mit einem anständigen Gesichtsausdruck im Speisesaal befinden," er donnerte diese Worte mit einschüchterndem Tonfall heraus.

„Sie sind weder angezogen, noch gewaschen und ihr freches Lachen werden wir ihnen auch noch austreiben. Ich gebe ihnen 8 Minuten Zeit, um das alles zu erledigen. Ich kann wohl davon ausgehen, dass sie sich anständig auf den Kräuter- und Heilmittelunterricht vorbereitet haben!"

Mit diesen Worten verließ er abrupt mein Zimmer.

Da ich nicht viel Zeit für diese ganzen Dinge hatte, beschloss ich mein Multitaskingtalent auszuüben. Doch irgendwie ging das ganze nicht so gut auf. Ich versuchte also mich in den Faltenrock, der so ganz und gar nicht meinem Geschmack entsprach, und die viel zu große Bluse, zu zwingen. Doch mit einer Zahnbürste im Mund war das natürlich nicht so leicht. Nachdem auch noch ein großer Tropfen Zahnpasta auf dem 100 Jahre alten Kräuter-Kunde Buch landete, gab ich die Hoffnung auf.

Mit einer Verspätung von 10 Minuten traf ich im Speisesaal ein. An der langen großen Tafel war nur noch ein leerer Platz. Wie so oft war ich die Letzte. Nachdem mir Salvatore, unser Koch, eine Kanne Schwarztee reichte, schaute ich mich verlegen um. Meine Großmutter sah mich durchdringend an. Ihre dunklen mächtigen Augen fraßen sich in meinen Körper und ließen nicht los. Ohne mit der Wimper zu zucken drangen sie durch mich hindurch. Ich wusste nicht was sie mit diesem Blick bezwecken wollte, aber was immer es auch war, sie hat es erreicht, es fühlte sich beschämend an. Ich schaute auf meine weißen Stiefel, deren Lack mit einer braunem Staubschicht bedeckt waren. Nachdem ich mein kaltes Poridge mit einer bitteren Portion Schwarztee hinunterspülte, verschwand ich ohne ein weiteres Wort in meinem Zimmer.

Ich wollte gerade mein Kräuter-Kundebuch einpacken, als ich auf einmal bedrohliche Schritte immer näher kommen hörte. Ohne lang zu überlegen verkroch ich mich in die hinterste Ecke meines Ankleidezimmers und zählte laut und deutlich alle möglichen Kräuterarten auf. In der Hoffnung, dass Patrize de la San, mein Hauslehrer, dies hören würde und mich ausnahmsweise von dem Unterricht des heutigen Tages verschonen könnte. Denn ich hatte nämlich weitaus besseres zu tun. Aber dazu später.

Leider war es nicht Patrize, der mich hinter einem meiner zugegeben gewöhnungsbedürftigen weißen Kleid regelrecht ertappte. Nein, es war meine Großmutter. Natürlich erwartete ich ein ordentliches Donnerwetter.

Man muss wissen, sie war eine sehr strenge und besorgte Frau. Sie meinte die Welt außerhalb unseres Hauses sei zu gefährlich für ein 13-jähriges Mädchen wie mich. Sie versuchte mich von all den Dingen, die da draußen passieren können, fern zu halten - ob gut oder schlecht -.

Das wir heutzutage im einundzwanzigsten Jahrhundert lebten, hatte sie noch nie interessiert. Wir lebten in unserer eigenen Welt. Das was außerhalb passierte, war ihr egal.

Sie verzichtete auf Medikamente und steckte alles Vertrauen in irgendwelche Kräuter. Patrize versorgte sie mit all möglichen Heilpflanzen, die er im Wald in die Finger bekam. Doch dazu später mehr.

Ich saß also hinter meinen etwas stillosen Klamotten und stellte meine Ohren auf Durchzug. Doch anstatt mich mit irgendwelchen Vorwürfen zu überschütten, sah sie mich nur schmunzelnd an. Sie wisperte mit ihrer zitternden weichen Stimme: „ Ich liebe dich Maryline".

Damit humpelte sie zur Tür und verließ ohne ein weiteres Wort das Zimmer. Etwas verwirrt kroch ich aus meinem Versteck. Ich wusste zwar, dass sie mich lieb hatte, doch gesagt hatte sie das noch nie. Und warum war sie ausgerechnet heute so?

Mit einem mulmigen Gefühl stand ich auf. Das Verhalten meiner Großmutter konnte ich unmöglich erklären.

Ich grübelte noch eine halbe Ewigkeit ohne ein Ergebnis zu finden. Doch leider war ich so vertieft darin gewesen, dass ich das Ticken der Uhr verdrängte.

Meine „Schule" hatte schon längst begonnen. Doch jetzt dort aufzukreuzen wäre keine gute Idee! Also beschloss ich den heutigen Unterricht zu schwänzen, um mich stattdessen in die mit Staubschicht bedeckte Bibliothek zu machen.

Mit einem schlechten Gefühl schlich ich den engen stickigen Flur entlang. Ich durfte normalerweise nicht in die Bibliothek. Großmutter meinte, dass vereinzelte Bücher dort für mich nicht geeignet wären.

Doch ich wusste den wahren Grund. Ein paar dieser Bücher hatten meiner Mutter gehört. Sie hatte

in jedes dieser, für mich kostbaren und einzigarti-
gen Bücher, ihren Namen geschrieben. Wenn man
die erste Seite aufblättert, war ihr Name das Erste
was ins Auge stach.

Mit schwarzer Tinte hatte sie ihre Identität deutlich gemacht:
" *Grace* "

Da waren sie wieder diese Fragen:
Wer ist sie ? Warum hat sie mich im Stich gelassen?
Lebt sie noch? Warum? Warum? Warum? Diese
Fragen und andere stellte ich mir, seit ich denken
konnte. Doch eine Antwort bekam ich nicht. Weder von Großmutter noch von meiner verschwunde-
nen Mutter. Jetzt kann man sich vielleicht auch erklären, warum ich diese Gemäuer nicht verlassen
durfte. Großmutter würde es nicht verkraften,
wenn mir das gleiche Schicksal wie meiner Mutter
widerfahren würde. Doch ich war mir nicht im
Klaren was das Schicksal genau für mich bereit
halten wird. Denn jedes Mal, wenn ich sie auf das
Thema ansprach, erwiderte sie verbittert:
„Maryline, die Welt da draußen ist gefährlich. Sie
hat mir meine einzige Tochter genommen. Du wirst
dieses Gemäuer nicht verlassen!"

Als ich in der Bibliothek ankam, war es als ob ich in eine andere Welt stolpern würde. Eine dicke Staubschicht hatte sich auf den alten Regalen niedergelassen. Ich hielt mir die Hand vor den Mund. Die Luft war unerträglich, meine Augen tränten. Ich konnte mich nur schwer orientieren. Die feinen Staubkörner nahmen mir die Sicht. Hustend schlich ich zum Fenster. Doch lüften war unmöglich. Die rostigen Gitter hinderten mich daran wenigstens etwas Luft in den stickigen Raum zu lassen.

Wieder wurde mir klar, mit was für einer verbissenen Angst Großmutter gegen meinen Willen dieses Haus zu verlassen, ankämpfte. Wobei ich mich fragte was mir vor dem Haus passieren könnte. Wir wohnten am anderen Ende des Waldes. Dort war es einsam und verlassen. Nur vereinzelte Personen machten sich hierher auf den Weg und das auch nur um uns zu beschimpfen. Es waren nur ältere Leute, die meine Großmutter von früher kannten.
Doch als meine Mutter verschwunden war, hatte sie sich samt Koch, Lehrer, Butler und mir eingeschlossen und sich nie wieder blicken lassen. Genau aus diesem Grund war die Bibliothek mein

Lieblingsplatz.

All die wunderbaren Bücher, deren Geschichten von der Welt da draußen erzählten, schenkten mir einen kleinen Funken Freude. Für mich waren die Bücher meiner Mutter das Wertvollste was dieses Haus besaß. Obwohl jedes Einzelne dieser Schriften schon fast auseinander fiel, behandelte ich sie wie einen großen Schatz.

Ich zog ein Exemplar aus dem Regal. Strich vorsichtig den feinen Staub vom Buchband, schlug die erste Seite auf: Da war sie auch schon, die groß geschriebene Unterschrift meiner Mutter,

„Grace".

Der Titel war mit einer verschnörkelten Schrift auf dem Einband sichtbar: The Magic World.
Bei dieser Geschichte handelte es sich um die große weite Welt, ihre Gefahren und Geheimnisse, um die Wildnis und Städte.
Je mehr mich diese Geschichte packte, umso wütender wurde ich. Ich kam mit dem Gedanken nicht klar, dass Großmutter mich von all dem fern halten wollte. Meine Wut schien täglich immer stärker zu werden.
Ich konnte auf mich selbst aufpassen. Doch sie ver-

traute mir kein bisschen.

Ich saß zirka 1/2 Stunde in der Bibliothek. Dann machte ich mich auf den Rückweg. Denn wie ich meine Großmutter kannte, würde sie sich schreckliche Sorgen machen. Also stellte ich die Bücher an ihren Platz, schüttelte den Staub von meiner Kleidung und stapfte zum Flur.
Ich bemühte mich, mich möglichst still zu verhalten. Doch als ich an dem Zimmer meiner Großmutter vorbei schlich, hörte ich eine leise zittrige Stimme. Neugierig blieb ich stehen.
Durch den Türschlitz konnte ich 2 dünne Gestalten erkennen. Eine davon war Großmutter. Sie stützte sich auf einen Stock. Ihr bleiches Gesicht und die funkelten dunklen Augen zogen mich in ihren Bann. Doch wer war die andere Person? Um einen noch besseren Blick zu haben, öffnete ich vorsichtig die Tür noch einen kleinen Spalt mehr. Nun erkannte ich ihn: Es war Falco!

Ich lauschte gespannt dem Gespräch. Leider konnte ich nur ein paar Wortfetzen auffangen, doch sie ergaben irgendwie keinen Sinn. Immer wieder fiel mein Name und „krank", doch für mich ergaben diese Worte keinen Zusammenhang. Verwirrt schlich ich mich in mein Zimmer.

Kaum hatte ich meine Türe geschlossen, öffnete diese sich wieder. Überraschenderweise war es nicht Falco, sondern Patrize de la San. Er war offensichtlich gekommen, um sich über mein heutiges unentschuldigtes Fehlen zu erkundigen. Ich biss mir auf die Lippen. Das hatte ich schon fast wieder verdrängt!

Jetzt musste eine Ausrede her und zwar schnell. Ich deutete auf mein Bauch:

„Mir ging es nicht so gut, irgendwie war mir etwas schlecht. Ich entschuldige mich vielmals für mein unüberlegtes Benehmen, ich hätte sie vorher informieren müssen".

Er sah mich kopfschüttelnd an. Natürlich hatte er verstanden, dass ich nur versuchte ihn mit einem guten und vornehmen Wortschatz um die Finger zu wickeln. Er verließ das Zimmer. Und irgendwie plagte mich mein schlechtes Gewissen. Krank spielen, dass hatte ich noch nie getan. Aber wenn ich so darüber nachdachte war es gar nicht mehr gelogen, mir war wirklich nicht gut.

Großmutter hat sich von einem Tag auf den anderen verändert, sie war kaum wieder zu erkennen. Ich setzte mich ans Fenster. Als ich den Vorhang weg zog, starten zwei dunkle Augen vom Weg zu mir herauf. Eingeschüchtert zog ich den Vorhang zu. So eine Situation kam nicht selten vor. Viele - vor allem ältere Leute aus dem anderen Dorf- fuhren ans andere Endes des Waldes um nach Großmutter zu schauen, des öfteren fielen sehr verletzende Worte. Die meisten kannten Großmutter noch aus ihrer Kindheit. Doch wenn ich Großmutter darauf ansprach, erwiderte sie nur, dass die Menschen heutzutage schreckliche Kreaturen sind, vor denen sie mich beschützen muss. Mehr will sie dazu nicht sagen.

Ich sah noch einmal aus dem Fenster. Niemand zu sehen. Das Einzige was ich mitbekam war das Brummen eines Autos.

Traurig setzte ich mich auf mein Bett. Was waren das für Menschen, die uns einfach nicht unser Leben leben lassen konnten und uns heimlich in unserem Haus beobachten wollten?

Bevor ich mich weiter über unsere Lebenssituation aufregen konnte, beschloss ich den Tag zu beenden und ohne Dinner mit bitteren Schwarztee mich in das Bett zu verkriechen. Was brachten mir die ganzen Fragen, die ich mir stellte, wenn man auf die Antwort gar nicht erst hoffen durfte. Da es schließlich niemanden gab, der sich darum kümmerte, *dass ich ein Mensch war, der Aufklärung über die Vergangenheit brauchte.*

Kapitel 2

Der Morgen begann ehe weniger traumhaft.

Nach dem ich ein wenig Luft abseits der Abstell-kammer getankt hatte, startete ich wie immer mit einer kleinen Masse Poridge und einer dafür um so größeren Portion bitteren Schwarztee in den Tag. Da heute Samstag war, hätte ich heute eigentlich keinen Unterricht. Doch Patrize ließ mich gnaden-los den Stoff, den ich gestern versäumt hatte, nach-holen. Nach dem ich gefühlte zehn Jahre den Ta-felaufschrieb in mein Heft übertragen hatte, war ich endlich fertig. Ich ließ meinen Füller fallen und stürmte aus dem Raum und lief auf mein Zimmer zu. Doch plötzlich blieb ich stehen, ich sah mich verdutzt um.

Wie hypnotisiert steuerte ich auf das Zimmer mei-ner Großmutter zu. Es war so wie gestern. Ihre leise zitternde Stimme zog mich erneut in ihren Bann. Sie saß in einem Schaukelstuhl und wisperte für mich unverständliche Worte. Ich fragte mich, mit wem sie dieses Gespräch führte. Als ich die Tür noch einen Spalt weiter öffnete, sah ich gegenüber von ihr einen Stuhl, einen leeren Stuhl. Ich trat entsetzt einen Schritt zurück, leider knarrte genau in diesem Moment eine Holzdiele. Ich wollte weg, einfach nur in mein Zimmer, einfach weg. Aber meine Beine blieben starr. Sie drehte sich um, ihr Gesicht war bleich und ihre Augen funkelten. Ich war nicht sicher ob sie mich wahrnahm, doch ich konnte ihr Gesicht sehen. Und so schlimm es auch klang, so langsam bekam ich Angst vor meiner eigenen Großmutter.

Nach dem ich in mein Zimmer geflüchtet war, kauerte ich mich verwirrt an den Gittern meines Fensters. Ich hatte meine Großmutter noch nie so erlebt, ich wusste zwar, dass sie nicht die Jüngste war, doch ich hatte nicht mit diesem Verhalten gerechnet. War das normal? Sollte ich mir Sorgen machen?

Das Knurren meines Magens unterbrach meine Gedanken, so dass ich mich zum Speisezimmer aufmachte. Nachdem ich einen großen Teller voll Brot aus der Küche mitgehen ließ, verkroch ich mich damit auf die Fensterbank. Ich sah verträumt in die Ferne. Die Sonne erschien mir so Fremd, es kam nicht oft vor, dass ich meinen Blick nach draußen warf. Meistens zog ich den dunklen Vorhang, der die Sicht nach draußen und zu mir unmöglich machte, vor das Fenster. Denn je häufiger ich meine Aufmerksamkeit nach draußen richtete, um so mehr stieg meine Sehnsucht nach Freiheit.

Als ich noch Jünger war, hatte mich die Welt „da draußen" nicht interessiert. Ich war so beeinflussbar! Ich hatte Großmutter jedes einzelne Wort geglaubt. Egal wie unrealistisch es auch war. Doch je Älter ich wurde, um so größer wurde auch mein Misstrauen ihr gegenüber.

Ich kann mich noch an eine Situation erinnern, die absurder und unglaubwürdiger nicht sein konnte. Mit 5 Jahren kamen mir die Erzählungen meiner Großmutter noch glaubhaft vor, doch als ich älter wurde, wurde mir klar, welchen Unsinn sie manchmal zu erzählen schien.

Es war Winter. Wie immer saß ich abends vor dem Feuer eingekuschelt in einer Decke und in der Hand eine Tasse bitteren Schwarztee, den ich schon damals nicht ausstehen konnte. Großmutter saß neben mir. Sie las vertieft in einem Buch. Ich drehte mich um, mein Blick fiel in Richtung Fenster. Erst traute ich meinen Augen nicht, doch

dann wurde mir klar - der erste Schnee war da!
Begeistert sprang ich auf, das weckte Großmutters
Aufmerksamkeit. Ich rannte zum Fenster, doch als
sie begriff für was ich mich so begeisterte, verfinsterte sich schlagartig ihre Miene. Ich patschte mit
meiner Hand an die Scheibe. Mein Lachen ver-
stummte jedoch schlagartig, als ich Großmutters
strenge Mimik sah. Ich wusste, dass sie niemals er-
lauben würde, mich einmal hinauszulassen, um den
Schnee mit bloßer Hand zu berühren. Trotz alle
dem traute ich mich diesen Wunsch zu äußern. Ihre
Reaktion war - wie zu erwarten - enttäuschend.
„Maryline, du weißt doch die Welt da draußen ist
unberechenbar, du darfst ihr nicht trauen! Wenn
du auch nur einen Fuß in den Schnee setzt, wirst
du meine Warnung verstehen! "
Mit dieser verbalen Drohung verließ sie den Raum
und ich blieb verstört allein zurück.

Wenn ich an diese Situation zurück denke, wird
mir ohne zu übertreiben schlecht!
Das komplizierte jedoch ist, ich hatte Großmutter
so unglaublich lieb, trotz der krankhaften Gefangenschaft, die mir mit jedem Jahr, das ich älter
wurde, bewusster wird.

Der Blick nach draußen war so befreiend. Ich hätte einfach alles dafür gegeben auch nur für ein kurzen Augenblick das alles hinter mir zu lassen und wenn es auch nur Sekunden wären, in denen ich das Haus nur einmal verlassen könnte.

Ein leiser Schrei unterbrach meine Vorstellungen. Entsetzt sprang ich auf. Fragen schossen durch meinen Kopf. Ich wollte die Tür öffnen, doch so sehr ich mich bemühte, es ging nicht. Das Schreien wurde lauter. Ich drückte immer hektischer die Klinke hinunter, ohne Erfolg. Die Tür war abgeschlossen. Wer auch immer mich hier eingesperrt hatte, musste einen guten Grund dafür gehabt haben. Hysterisch fing ich an gegen die Tür zu hämmern.
„Ich muss hier raus, bitte!" rief ich verzweifelt.
Panik breitete sich in mir aus.
Die erbitterten Schreie wurden zu lautem Weinen.
Dieses Schluchzen konnte nur zu Großmutter gehören.

Ohne lange zu überlegen, nahm ich Anlauf und stieß mit einem schmerzhaften Aufprall gegen die Tür. Dies wiederholte ich noch 2 mal. Mein Handeln hatte sich gelohnt. Mit einem Ruck öffnete sie sich. Schnell rannte ich verzweifelt den Flur ent-

lang, und näherte mich Großmutters Zimmer. Unentschlossen blieb ich kurz davor stehen. Von hier kamen die Schreie, keine Frage. Ich sah wie versteinert auf die Türklinke. Natürlich wollte ich wissen was da vor sich ging, jedoch gab es ein Problem, ich durfte das Zimmer nicht betreten. Noch nie in meinem ganzen Leben hatte ich einen Fuß in dieses Zimmer gesetzt. Großmutter hatte das strengstens verboten!
Ich überlegte hin und her. Währenddessen wurden die Schreie immer kraftloser.

Endlich entschloss ich mich, das Verbot zu brechen. Entschlossen öffnete ich die Tür und sah ein großes Zimmer. Es war wie in einer anderen Welt. Ich müsste um die Ecke gehen, um Großmutter zu sehen. Ich beschloss sicherheitshalber mich zu bewaffnen. Mit dem Gehstock in der Hand geschützt ging ich immer weiter in die Richtung von der die Schreie kamen. Ich blickte vorsichtig um die Ecke und sah ihr Bett, in dem Großmutter lag. Sie versuchte sich gegen einen Mann, der sich nur von hinten zeigte, zu wehren. Dieser versuchte sie mit aller Kraft festzuhalten. Dieser Anblick reichte mir. Ich stürmte auf die beiden zu und rammte dem Mann von hinten das spitze Ende des Gehstocks mit so viel

Wut und Zorn in den Rücken, so dass er vor Schmerz laut aufschrie. Als er sich umdrehte wurde mir voller Entsetzen klar, wen ich da gerade auf frischer Tat wortwörtlich überrannt hatte.

Es war Falco, der mich in diesem Moment mit schmerzverzerrtem Gesicht zur Seite stieß. Großmutters leidender Anblick war unerträglich. Sie weinte und flehte.
„Was tust du Falco, was hast du ihr angetan sag es mir, los!?" schrie ich mit letzter Kraft in das laute Weinen hinein.
„Deine Großmutter leidet an Wahnvorstellungen und Verfolgungswahn. Jetzt verlasse das Zimmer siehst du nicht wie schlecht es ihr geht?"
Ich wusste nicht ob ich ihm diese Aussage wirklich glauben sollte. Doch vielleicht hatte ich mich nur in etwas ganz harmloses hineingesteigert. Aber ihr kraftloses Weinen lies mich nicht ruhen.
Ich warf noch einen letzten Blick auf das Bett und ging.

In meinem Zimmer angekommen ließ mich der Gedanke nicht los, dass es vielleicht etwas ganz anderes war, was Großmutter so leiden ließ. Denn warum um Himmelswillen soll sie an Verfolgungswahn leiden, in einem Haus, in dem sich außer dem Butler, Koch, Hauslehrer und einer harmlosen Enkelin niemand befand. War Falco, den ich seit meinem ersten Atemzug auf dieser Welt kannte, vielleicht ganz anders, als wie er sich gab? Ich bereute es auf ihn gehört zu haben, dass ich das Zimmer verlassen sollte.

Ich hatte Großmutter einfach so im Stich gelassen. Doch als Falco mir sein anscheinendes Motiv für sein - in meinen Augen seltsames Verhalten - erklärt hatte, wirkte das Geschehene für mich zunächst realistisch. Froh auch darüber, dass da jemand bei Großmutter war, der sich um sie kümmerte.

Aber im Nachhinein machte ich mir ernsthafte Sorgen. Mir war klar, zurück gehen war zwecklos. Falco hatte das Zimmer meiner Großmutter nach meinem Verschwinden abgeschlossen.

Ich beschloss meine Gedanken auf etwas anderes zu richten. Also kramte ich mein Schulbuch aus meiner Tasche. Leider konnte ich mich nur schwer konzentrieren. Immer wieder schweifte ich mit meinen Gedanken ab und malte irgendwelche Kritzeleien auf mein Blatt. Das Klingeln der Essensglocke riss mich aus meinen tiefen Gedanken an den heutigen Tag. Ob Großmutter wohl auch beim Dinner ist?

Mit einem mulmigen Gefühl in der Magengegend rannte ich die lange Wendeltreppe hinunter. Ich öffnete die mächtige Flügeltüre zum Speisesaal. Auf den ersten Blick stellte ich fest, dass sich weder Falco noch meine Großmutter im Zimmer befanden. Nur Patrize de la San und unser Koch saßen bereits erwartungsvoll am Tisch. Ich traute mich die Frage zu äußern, wo die anderen geblieben waren, denn irgendwie ging ich schon davon aus, dass sie nicht mehr zum Essen erscheinen würden. Patrize ignorierte meine Frage. Nur unser Koch gab mir eine kurze Antwort:
„Deine Großmutter ist erschöpft und ruht sich aus."
Ich wollte nicht weiter nachfragen. Stattdessen setzte ich mich an den Tisch. Unser Koch sprang auf und servierte das Essen. Beim Anblick des leckeren Kräuterhähnchens lief mir das Wasser im Munde zusammen. Und trotz der großen Sorgen, die mich plagten, konnte ich das Essen genießen. Gefräßige Stille breitete sich aus.

Als schließlich mein Teller leer war, schaute ich die beiden erwartungsvoll an. Patrize Blick bohrte sich

in meinen. Ich erwartete auch eine Antwort von ihm. Gefühlte Minuten starrten wir uns beide an ohne die Blicke zu senken. Ich räusperte mich und sagte mit provozierendem Tonfall:
„Ich schau dann mal nach Großmutter", gleichzeitig erhob ich mich.
Wie erwartet sprang Patrize de la San auf:
„Maryline, denk gar nicht daran nach deiner Großmutter zu sehen. Bitte geh in dein Zimmer und mach etwas für die Schule. Deiner Großmutter geht es nicht gut. Falco ist bei ihr. Ich möchte dich nicht in der Nähe deiner Großmutter sehen."
Dem war von meiner Seite aus nichts hinzu zufügen. Irritiert verließ ich den Speisesaal. Mit einem Blick zurück, sah ich die beiden miteinander Tuscheln. Was auch immer sie zu bereden haben, ich musste es herausfinden.

Kapitel 3

Endlich Sonntag! Sonntag war mit Abstand mein Lieblingstag. Denn heute konnte ich ausnahmsweise auf Poridge und kalten Schwarztee verzichten. Denn heute würde es frisch gebackenes Brot mit verschiedenen Aufstrichen geben und frischen Orangensaft. Mit guter Laune traf ich im Speisesaal ein.

Als ich Großmutter sah, verschwand meine gute Laune im Nu. Ich konnte das Gesehene von gestern nicht vergessen. Aber weder sie noch Falco ließen sich etwas anmerken. Es erschien mir beinahe so, als wäre das gestrige nie geschehen. Alle hatten gute Laune und ich freute mich nun doch, Großmutter wieder lachen zu sehen. Ich versuchte deshalb das Ganze zu vergessen und konzentrierte mich auf den reichlich gedeckten Tisch.

Ich saß gegenüber von Großmutter und blickte sie erwartungsvoll an. Sie hob den Kopf und bemerkte meinen Blick. Ich wollte, dass sie mir von sich aus alles erzählte. Ich räusperte mich:

„Wie geht es dir heute Großmutter?",
„Bestens mein Kind, ich erfreue mich bester Ge-
sundheit".
Ich sah sie verdutzt an. Ich hatte eine Erklärung
erwartet, stattdessen tat sie so, als sei nichts gewesen. Ich startete einen neuen Versuch:
„Ich habe mitbekommen, dass es dir gestern nicht so
gut ging, was war denn los?"
Im Augenwinkel sah ich Falcos strengen Blick. Es
schien beinahe so, als wolle Falco nicht, dass Großmutter auch nur ansatzweise über das Vorgefalle-
ne sprach. Auch sie hatte wohl seinen Blick bemerkt. Verlegen schaute sie sich um.
„Ach Maryline, weißt du, ich bin eine alte Frau. Es
gibt Tage im Leben, die etwas dunkler erscheinen,
aber heute geht es mir wieder prächtig."
Ich konnte es einfach nicht fassen, dass Großmutter
alles abstritt, ich hatte doch gesehen was gestern
passiert ist! Und statt Klartext zu reden, versucht
sie sich in Ausreden. Das verletzte mich. Ich war
kein kleines Kind mehr, dem man Lügen erzählen
kann. Ich war Maryline, ein 13-jähriges Mädchen
mit dem man auch ernsthafte Gespräche führen
kann. Ich provozierte die ganze Situation. Diesmal
richtete ich meine Frage an Falco.
„Du warst doch dabei, als es Großmutter nicht gut

ging. Was war denn der Auslöser dafür?"

Er ließ seine Gabel fallen und sah mich mit einem strengen Blick an.

„Wie deine Großmutter schon sagte, es gibt schwarze Tage im Leben, an dem es einem einfach nicht gut geht. Und jetzt beenden wir das Thema. Ich will mit dir darüber nicht mehr reden!"

Ich stand empört auf, stieß meinen Stuhl zurück und schmiss meinen Teller mit voller Wucht auf den Boden.

„Maryline!", rief meine Großmutter voll Entsetzen. Ihre Mimik bebte.

„Mir reicht´s! Immer versucht ihr mich von Allem fern zu halten. Von Allem, über das ich mir Sorgen machen könnte. Ich bin kein kleines Kind mehr, mit dem man nicht über die Probleme und Sorgen reden kann. Warum können wir nicht offen zueinander sein? Wir leben hier seit 12 Jahren. Eingeschlossen in diesem stickigen Gemäuer. Außer Salvatore und Patrize verlässt hier niemand das Haus. Wir laufen uns jeden Tag über den Weg und können nicht einmal ehrlich zueinander sein? Was ist mit dir los Großmutter? Warum willst du mich von der Welt da draußen fernhalten? Ich weiß, das habe ich dich schon 1000 mal gefragt und keine Antwort bekommen. Aber heute will ich es wissen, heute musst du mit mir reden. Ich habe die Nase voll. Ich beschäftige mich seit ich denken kann mit der Frage, was mit Mutter passiert ist und du weißt darüber Bescheid! Warum tust du mir das an? Du versuchst mich immer von allem Bösen fern zu halten. Du willst mich nicht leiden sehen. Aber was ist das Böse? Doch weißt du worunter ich am allermeisten Leide? Unter dieser Situation, nichts zu wissen über das Leben da draußen, über Mutter und warum sie mich hier bei dir allein gelassen hat, MICH verlassen hat!"

Hemmungslos fing ich an zu weinen und ließ mich auf meinen Stuhl sinken. Ich wusste nicht ob ich mich in die ganze Situation hineingesteigert hatte. Aber es musste raus und es tat gut, endlich vieles was mich beschäftigt hatte, laut in Worte zu fassen und in die Welt zu schreien. Mit Tränen in den Augen sah ich Großmutter traurig an.
„Los, sag mir, was du dazu zu sagen hast!"
„Ich kann dir dazu nichts sagen. Es tut mir leid".

Mit einem vorwurfsvollen Blick musterte ich sie abstoßend. Ich stand abrupt auf und drehte mich um, warf ein Blick zurück und verließ das Zimmer. Ich kann es nicht in Worte fassen, was in diesem Moment in mir ausbrach. Ich war am Ende. Ich fühlte mich erdrückt von Großmutters krankhaften Gefangenschaft.

In diesem Moment konnte ich noch nicht ahnen, dass ich diesen Tag niemals vergessen werde. Ich kehrte in mein Zimmer zurück und verkroch mich unter meine Decke. Gefühlte 30 Minuten später kam Falco in mein Zimmer, aber ich wollte niemanden sehen, und so schickte ich ihn in der gleichen Sekunde wieder hinaus.
Die Tür öffnete sich erneut. Ich verdrehte die Augen:
„Raus!"
„Maryline deine Großmutter...." Falcos Stimme zitterte. Ich wollte nicht mitkommen, doch sein Gesichtsausdruck war ernst. Also stand ich auf. Ich folgte ihm. Sein Schritte wurden schneller, er bog ab in das Zimmer meiner Großmutter. Kurz davor blieb ich stehen. Ich weigerte mich hinein zu gehen. Ich wollte sie heute nicht mehr sehen. Unser Butler drehte sich um. Sein Blick war so starr, dass ich ihm trotz Wut ängstlich folgte. Er führte mich zu Großmutters Bett.
Drumherum standen Patrize, Falco und unser Koch. Großmutters Augen waren halb geschlossen.

Ihr Atmen ging schwer. Ich verstand die Situation nicht. War ich im falschen Film, was war los?
Patrize bemerkte meinen fragenden Blick. Er räusperte sich:
„Deiner Großmutter geht es gar nicht gut, sie will dich sprechen. Ich glaube es ist selbsterklärend was ihren Schock ausgelöst hat".
Er musterte mich vorwurfsvoll. Ich sah die drei irritiert an und forderte sie auf, aus dem Zimmer zu gehen. Ich wollte mit Großmutter alleine sein.

Als die Tür geschlossen war, kniete ich mich neben das Bett. Eine unangenehme Stille breitete sich aus. Ich war hin und hergerissen. Sollte ich ihr das Gespräch von heute Morgen verzeihen oder sollte ich stur bleiben? Denn immerhin hatte ich bis jetzt noch keine Erklärung darüber bekommen, was genau damals zwischen meiner Mutter und Großmutter passiert war. Und was da draußen für schlimme Dinge auf mich warteten, wovor mich meine Großmutter bewahren wollte.
Ich konnte die Diskussion von heute nicht einfach vergessen. Schließlich ging es hier um meine Zukunft.

Vorsichtig nahm ich Großmutters Hand. Sie war regungslos und kühl. Andererseits wurde mir bewusst, dass ich daran Schuld sein könnte, dass es ihr jetzt so schlecht ging. Ich beschloss für den heutigen Tag Frieden mit ihr zu schließen und erst in den nächsten Tagen auf das Thema weiter einzugehen. Doch dazu sollte es nicht kommen.

Großmutter öffnete die Augen. Sie versuchte ihren Kopf zu heben, ließ ihn erschöpft aber wieder sinken. Damit sie mich besser sehen konnte, setzte ich mich zu ihr aufs Bett.
„Maryline, bist du böse auf mich?" Klar war ich böse auf sie, aber ich konnte es ihr nicht sagen, also schüttelte ich den Kopf. Mit schwacher Stimme fuhr sie fort:
„Weist du, ich bin inzwischen eine alte Frau. Ich gebe alles dafür, dass es dir gut geht. Auch wenn du das jetzt noch nicht begreifst. Wenn du einmal so alt bist wie ich, wirst du mir dankbar dafür sein. Es gibt so vieles, was ich dir verheimliche, aber es ist noch nicht die Zeit dafür. Deine Mutter - glaub mir - war ein sehr liebevoller Mensch. Ich bin mir sicher, sie wäre stolz auf dich gewesen. Ich wollte auch deine Mutter beschützen, doch sie wollte ihren eigenen Weg gehen, und das müssen wir akzeptieren."

„Ich will auch meinen eigenen Weg gehen! Ich will auch in die Welt da draußen, ich will nicht so leben, so eingesperrt. Lieber lebe ich da draußen mit dem Risiko, dass etwas passieren könnte, anstatt immer das Gefühl zu haben etwas zu verpassen!", fiel ich ihr ins Wort.

Ich schluckte, eine Träne lief über meine Wange.

„Maryline, du bist viel zu jung, um zu wissen wie das Leben spielt. Glaub mir, ich weiß von was ich spreche. Hör auf deine Großmutter. Ich bin mir sicher, deine Mutter wäre auch wieder gerne hier, beschützt, wie du es bist. Doch sie hatte ihren eigenen Dickkopf und hat unser schönes Paradies verlassen."

Damit schien das Gespräch beendet zu sein. Ich nickte:

„Du musst dich jetzt ausruhen" sagte ich trocken und stand auf.

Ich spurtete in Richtung Ausgang, bis ich plötzlich stolperte und gegen den Schrank donnerte. Ein Buch mit Ledereinband kippelte und fiel auf den Boden. Ohne dem Titel auch nur eines Blickes zu würdigen, hob ich es auf und nahm es mit in mein Zimmer.

Ich setzte mich auf mein Bett und sah mir das Buch

genauer an. Ich drehte es um und der Titel stach mir sofort ins Auge:

Von Elisabeth

Ich ließ das Buch unentschlossen fallen. Zu gerne würde ich einen Blick hinein werfen. Diese Seiten könnten all meine Fragen beantworten. Schließlich hatte ich ein gutes Recht darauf. Entschlossen hob ich es auf und blätterte zu dem Tag an dem ich geboren wurde.

Kapitel 4

***

Tagebucheintrag 03.01.2003

Heute ist einer meiner schönsten Tage im Leben. Meine kleine Enkelin hat heute mit einem Gewicht von 3.200 Gramm und Größe 51 cm das Licht der Welt erblickt. Ich bin der glücklichste Mensch der Welt. Grace hat die Geburt gut überstanden. Die kleine Maryline wird in einer 3-Generationen-Familie aufwachsen. Sie, Grace, William und natürlich ich. Ich werde alles dafür tun, dass es meiner kleinen Enkelin immer gut geht.

***

Tagebucheintrag 10.01.2003

Heute hatte ich einen fürchterlichen Streit mit Grace. Manchmal kann ich meine eigene Tochter nicht verstehen. Ich weiß nicht, woher sie diesen Dickkopf hat. William und Grace wollten einen Spaziergang durch den dunklen Wald machen zusammen mit Maryline. Doch selbstverständlich kann ich das nicht zulassen, wenn der Kleinen irgendetwas passiert. Wie kann man nur so verantwortungslos sein? Ich stellte mich ihnen in den Weg. Doch sie wollten unbedingt gehen. Letztendlich hatte ich es nicht geschafft, sie aufzuhalten. Jetzt warte ich die ganze Zeit darauf, dass sie wiederkommen. Ich habe ein schreckliches Gefühl.

***

Tagebucheintrag 01.02.2003

Der Tag hatte gut begonnen. Bis Grace mit William und der Kleinen an die frische Luft wollten. Doch ich ließ das nicht zu. Maryline könnte sich erkälten und wer weiß, was dann noch passiert. Wir hatten wieder eine grässliche Auseinandersetzung. Grace machte mir Vorwürfe, dass ich an Verlustängsten, soziale Phobie und Agoraphobie leiden würde. Das traf mich sehr. Wie kann sie nur so von mir denken? Übertreibe ich? Sie muss mich doch auch verstehen: ich bin Mutter und Großmutter da macht man sich nun mal Sorgen.
Ich versuche mich in den nächsten Tagen etwas zurück zu halten bei der Erziehung der kleinen Maryline. Doch wenn es nötig ist, greife ich ein.

Ich schloss das Buch. Den Blick gegen die Wand. Das war also meine Vergangenheit. Ich hätte gerne noch weitergelesen, doch ich war davon so überrumpelt, dass ich mir etwas Zeit geben wollte, das soeben Gelesene zu verarbeiten.

Großmutter war auch schon damals sehr verängstigt und übervorsichtig gewesen. William war also mein Vater, was ist aus ihm geworden? Lag es an Großmutter, dass ich ohne Eltern aufwachse?

Ich legte das Buch in meine Schreibtischschublade. Wann Großmutter den Verlust ihres Buches wohl bemerken würde?

Es vergingen Tage, Wochen in denen ich das Tagebuch nicht mehr anrührte. Jetzt wo die Vergangenheit zum Greifen nahe war, stellte ich mir die Frage, ob ich sie überhaupt noch erfahren wollte. Jeder Außenstehende, der meine Situation betrachtete, konnte mich vielleicht nicht verstehen, schließlich hatte ich 13 Jahre auf so einen Moment gewartet. Doch jetzt, wo ich in die Geheimnisse meiner Großmutter eintauchen konnte, frage ich mich, ob ich das überhaupt wollte. Denn wenn ich jetzt weiterlesen würde, würde sich auch das Verhältnis zu meiner Großmutter unweigerlich verändern. Andererseits könnte ich ihr Handeln auch besser verstehen. Ich war hin und her gerissen. Ich hatte niemanden zum Reden, der mir sagen könnte, was das Richtige wäre.

Großmutter hatte sich in den letzten Tagen wieder gut erholt. Trotzdem wurde ich den Verdacht nicht los, dass Großmutter das Buch suchte. Denn der letzte Eintrag war der, an dem ich sie mit der Wahrheit konfrontierte.

Immer wenn ich in mein Zimmer kam, ging mein Blick automatisch zur Schublade an meinem Nachttisch. Mein Verstand sagte mir: leg das Buch zurück und lies nicht weiter, doch mein Bauchgefühl siegte. Ich holte das Buch heraus, setzte mich auf mein Bett und las weiter:

✱✱✱

Tagebucheintrag 5.6.2003

Meine kleine Enkelin ist einfach mein ganzer Stolz, sie ist nun 6 Monate alt und einfach ein wunderbares Kind. Doch so schön es auch ist, ich mache mir Sorgen um Grace. Sie wird immer mehr be-

einflusst von William. Neulich sprachen sie vom Auswandern. Das beunruhigt mich. Sie spricht von der ganz großen Liebe, aber ich konnte ihn noch nie wirklich leiden. Er ist weder ein guter Vater noch ein treusorgender Partner. Bis heute sind sie nicht verheiratet. Immer häufiger sind sie abends allein unterwegs und lassen Maryline bei mir zurück. Ich kümmere mich zwar gerne um sie aber Grace ist wirklich undankbar. Immer wenn sie abends von einem Spaziergang mit William kommt ist die erste Frage:

„Ich nehme mal an, dass du mit der Kleinen bei so einem schönen Wetter draußen warst oder?"

Doch ich muss ihre Frage jedes mal verneinen. Und wenn sie sich darum sorgte, dass die Kleine an die frische Luft kommen soll, warum nahmen sie Maryline dann nicht einfach mit zum Spaziergang? Aber um ehrlich zu sein, ich möchte es gar nicht. Es ist verantwortungslos mit einem Baby raus zu gehen, was da alles für Gefahren warten. Nicht auszudenken wenn ihr etwas geschieht. Obwohl Grace sich das schon denken kann, ist sie jedes mal wütend auf mich.

***

Tagebucheintrag 16.6.2003

Ich erkenne meine eigene Tochter nicht wieder. Seit Maryline auf der Welt ist, hat sie sich von Tag zu Tag verändert! Sie ist Blind vor Liebe. William immer nur William! Sie vernachlässigt ihr eigenes Kind. Das Wort „Auswandern" fällt immer häufiger. Doch wenn die beiden das wirklich tun, was wird dann aus Maryline? Eine Kneipe im Ausland eröffnen, das ist Williams Wunsch, schon seit ich ihn kenne, doch er zieht Grace da immer mehr mit rein. Dass die beiden knapp bei Kasse sind und ein Kind ernähren müssen, haben sie bei der Planung wohl vergessen. Außerdem kann ich nicht zulassen, dass Maryline von Alkohol trinkenden Menschen täglich umgeben ist.

***

Tagebucheintrag 27.6.2003

Heute hatte Grace seit langem mal wieder Besuch von einer alten Schulfreundin. Die beiden tranken Kaffee und unterhielten sich. Als ich das Wohnzimmer verließ um nach Maryline zu sehen, senk-

ten sich die Stimmen. Als mein Name fiel, stellte ich mich neugierig an die Tür:
„Grace, ich mische mich nur ungern ein, aber ich habe das Gefühl, dass deine Mutter der kleinen Maryline nicht gut tut. Sieh sie dir doch mal an, sie lebt in ihrer eigenen Welt. Sie verlässt doch so gut wie gar nicht das Haus. Und die Kleine lässt sie kaum aus den Augen".
Diese Worte trafen mein Herz, das stimmte doch gar nicht, oder doch? Sie kennt mich doch gar nicht. Ich hoffte natürlich, dass Grace mich in Schutz nehmen würde.
„Sally, du sprichst mir aus der Seele. Ich kann mir auch nicht genau erklären, was mit Mutter los ist. Sie war zwar schon immer etwas ängstlich, aber seit Maryline auf der Welt ist, ist alles noch schlimmer geworden und sie traut sich kaum noch aus dem Haus."
Die Worte schlugen ein wie eine Granate. Ich hätte nicht gedacht , dass meine eigene Tochter so von mir denkt.
„Grace, es ist mir unangenehm das zu sagen, aber vielleicht sollte sie sich in psychologische Behandlung begeben. Das ist doch nicht mehr normal!"
Das waren die harten Worte von Sally! Ich hielt es nicht länger aus und platzte in das Gespräch der

beiden hinein:

„ Die Kleine schläft tief und fest“.

Ich bemühte mich so zu tun als wäre nichts gewesen und hoffte, die beiden würden meine Verstimmung über das Gehörte nicht bemerken. Aber im Inneren platzte ich vor Wut und Entsetzen, meine Lippen zitterten. In mir fühlte es sich an als würde sich eine Schlaufe um mein Herz binden, die sich immer weiter zuschnürte. Bis mir die Luft zum Atmen fehlt und alles zerstört.

Kapitel 5

Ich ließ das Buch fallen. Ich verstand das ganze

nicht. Warum war Großmutter nur so ängstlich. Sie hatte Angst vor allem. Dabei erschien sie mir eigentlich immer so stark und selbstbewusst.

Ich wollte mich ablenken, schließlich musste ich das ganze zuerst einmal verdauen. Doch als ich mein Zimmer verließ, begegnete ich meiner Großmutter. Ich bemühte mich so unauffällig wie möglich an ihr vorbei zu gehen. Aber natürlich wollte sie mit mir reden.
„Wo warst du denn die ganze Zeit Maryline? Ich erinnere dich, dass du unter der Woche zum Unterricht zu gehen hast. Laut Patrize warst du heute jedoch abwesend," sagte sie mit einem strengen Tonfall!
Ich sah sie an. Sekunden vergingen, in denen ich mich nicht rührte. Ich starrte noch immer und stotterte schließlich ein vernuscheltes:
„Kommt nicht wieder vor."

Schnell verschwand ich zurück in meinem Zimmer, knallte die Tür zu und ließ mich auf mein Bett fallen. Was ich in diesem Moment fühlte, ist gar nicht in Worte zu fassen. Ich konnte Großmutter nicht mehr in die Augen schauen. Sobald ich ich sie auch nur kommen hörte, geschweige denn sah, hatte ich diese Bilder vor Augen. Wie sie sich gefühlt haben musste, als sie meine Mutter und Sally belauschte. Und dann sah ich dieses Buch, Großmutters Tagebuch. Vielleicht hatten die beiden recht und Großmutter brauchte wirklich Hilfe. Doch ich konnte ihr dabei unmöglich behilflich sein, wenn ich nur wüsste aus welchem Grund sie so war.

Am nächsten Morgen war ich alles andere als gut gelaunt. Immer wenn ich Großmutter sah musste ich an das Tagebuch denken. Ich hatte nichts anderes im Kopf. Hatte Großmutter vielleicht doch recht gehabt, dass mich die Vergangenheit nichts anging? Sollte ich das ganze ruhen lassen und die Gegenwart genießen?
Andererseits das Buch war der Schlüssel zu all meinen Fragen. Ich musste weiter lesen. Ich hatte gar keine andere Wahl, denn so konnte es nicht weiter gehen. Sobald ich den entscheidenden, ausschlaggebenden Grund für das Verhalten herausgefunden

hatte, würde ich mit Großmutter reden. Das hatte ich mir geschworen. Doch dazu sollte es nie kommen.

Mit entschlossenen Schritten betrat ich mein Zimmer, jetzt war es soweit, ich wollte die Wahrheit. Doch als ich die Schublade öffnete: der Schock. Die Schublade war leer, kein Buch, nichts, es war weg! Ich stellte mein Zimmer auf den Kopf. Selbst in meinen Kleiderschrank warf ich ein Blick und durchwühlte die Kleider.
Ich konnte es nicht fassen und ließ mich auf den Boden sinken. So kurz vor dem Ziel und dann diese Niederlage. Schlagartig wurde mir bewusst, dass diese Person, die mir das Buch entwendet hatte, ja denken würde, dass ich nun über alles Bescheid wusste. Es kamen nur Großmutter und Falco in Frage, da die Beiden die Einzigen waren, die mein Zimmer betraten. Ich wollte mir gar nicht vorstellen wie die Beiden darauf reagieren würden. Nervös suchte ich das Zimmer meiner Großmutter auf. Vor der Tür blieb ich stehen. Was mir als Strafe drohen würde, wollte ich gar nicht wissen.

Kapitel 6

Zaghaft klopfte ich an die Tür. Keine Reaktion. Ich tat es ein weiteres mal. Ich bekam keine Antwort. Also beschloss ich auf gut Glück einfach rein zu gehen. Ich betrat das Zimmer, ging um die Ecke und setzte mich vor Großmutters Bett. Konnte jedoch nicht wissen ob sie es war, die das Buch entwendet hatte. Schlief sie? Ich glaube sie hatte nicht bemerkt, dass ich ins Zimmer kam. Also stand ich auf und beugte mich über sie. Irritiert starrte ich sie an. Sie war ganz bleich, ihre Augen waren geschlossen. Ich rüttelte sie zunächst sanft am Arm und sagte immer wieder ihren Namen. Plötzlich öffnete sie ihre Augen. Ich atmete erleichtert auf. Doch in der gleichen Sekunde merkte ich, dass es ihr nicht gut ging. Sie sah sich orientierungslos um, bis ihr Blick an mir haften blieb. Sie fasste sich ans Herz und stotterte aufgeregt abgehackte Wörter: „Du hast gelesen. Lass die Vergangenheit ruhen, du hast es gelesen ....gelesen...".
Sie krampfte und plötzlich erschlaffte ihr Körper.

Ich konnte gar nicht reagieren, ihre Augen beweg-
ten sich nicht mehr, ihr ganzer Körper bewegte
sich nicht mehr. Hektisch sah ich mich um. Was genau in diesem Moment geschah wusste ich nicht.
Ich war wie in einer Trance. gefangen, hilflos. Ich
wühlte in Großmutters Medizin-Schrank, in dem
sich nichts außer pflanzliche selbst produzierte
Fläschchen mit irgendwelchen Substanzen befanden. Nichts davon war hilfreich. Ich rüttelte Großmutter hin und her. Wedelte ihr Luft zu, aber
nichts half. Unter Tränen schrie ich nach Hilfe.

Für einen kurzen Moment war mir klar es ist vor-
bei. Sie lag da, Tod..
Ich lies mich auf ihr Bett fallen, umklammerte sie
und schrie aus tiefster Seele. Es war vorbei und ich
würde niemals die Wahrheit erfahren.
Falco stürmte ins Zimmer. Er war überfordert mit
der Situation.
„Sie ist Tod, hilf ihr. Tu was", schrie ich ihn an.
Patrize betrat das Zimmer und als er mich schreien
und weinen sah, wusste er wohl was passiert war.
Er zerrte mich vom Bett und wollte mich aus dem
Zimmer schleifen. Mit allen Kräften wehrte ich
mich dagegen.
Ich hielt Großmutters Hand, doch Patrize zerrte

mich immer weiter Richtung Tür, sodass ich ihre Hand los lassen musste. Ich sah noch einmal zurück. Meine Kraft war am Ende. Ich stolperte in mein Zimmer, hängend in den Armen von Patrize. Als ich begriff, dass ich weg von Großmutter war, wollte ich wieder zu ihr zurück. Ich riss an der Tür, hämmerte dagegen, versuchte sie einzuschlagen. Aber Patrize hielt sie von außen zu und dann schloss er sie ab.

Damals konnte ich sein Handeln nicht nachvollziehen, doch jetzt wo ich dies schreibe, bin ich ihm Dankbar dafür, dass er mir diesen grässlichen Anblick erspart hatte.

Ich sank auf den Boden. Die Kraft ging mir aus. Ich hatte es noch gar nicht realisiert, dass mir an diesem Tag der wertvollste Mensch in meinem Leben genommen wurde.
Das Prasseln des Regens zog mich ans Fester. Es wäre wie immer gewesen. Ich hier in meinem Zimmer und die Welt draußen. Nur das es heute anders war, alles hatte sich plötzliche verändert. Wäre es wie immer, würde ich wissen, dass ich - wenn ich da draußen wäre - weit weg von hier jemanden hätte, den ich so unendlich vermissen wür-

de. Großmutter. Doch jetzt war ich an nichts mehr gebunden. Der Butler, der Koch oder Patrize, waren das Menschen, die Unverzichtbar für mich waren?

Ich drehte mich vom Fenster weg ging zu meinem Schreibtisch und nahm den alten Bilderrahmen vom Regal. Es war ein Bild von Großmutter, sie lachte nicht oft auf Bildern, doch auf diesem tat sie es. Ich hätte ihr noch soviel sagen wollen, war ich doch so undankbar?

Ich hatte so selbstsüchtig gehandelt, als ich Großmutter mit meinen Fragen und Vorwürfen so verletzt. Ich hatte in der letzten Zeit nicht wirklich bemerkt, dass es ihr nicht gut ging. Wusste sie, dass sie bald sterben würde und wenn ja, wann hätte sie mir das gesagt?

Aber ich war doch auch wichtig. Hatte Großmutter sich nicht einmal in mich hineinversetzt, wie es ist, nichts von seinen Eltern zu wissen, nicht einmal die Welt entdeckt zu haben? Immer vor dem Fenster zu sitzen und jedes mal nur die Gitter vor Augen zu haben, die dich vor der Welt außerhalb beschützen sollten.

Hatte sie das nicht einmal getan? Hätte ich noch weiter in dem Tagebuch gelesen, würde ich das alles jetzt vielleicht schon wissen.

Ich ging erneut zur Tür. Ich brauchte nur daran denken, dass ich Großmutter nie wieder sehen würde, und schon kam die ganze Wut erneut zurück. Ohne auch nur an die Folgen zu denken, griff ich nach meinem Stuhl und rammte ihn mehrere Male gegen die Tür. Ich musste Großmutter noch einmal sehen und wenn es das Letzte mal gewesen war.
Mit einem lauten quietschen öffnete sich schließlich die Tür. Als ich den Flur betrat, traute ich meinen Augen nicht. Patrize und Falco liefen soeben mit einer Trage die Treppe hinunter. Großmutters Körper war bedeckt mit einem weißen Leintuch. Die Blicke der beiden waren starr. Kein Ausdruck, keine Gefühle, nichts. Ich musste ihr Gesicht sehen, noch einmal ihre Gegenwart spüren.

Also rannte ich los, den beiden immer näher kommend. Angespannt riss ich ihr das Tuch vom Gesicht. Die beiden blieben auf der Treppe stehen. Voller entsetzen machte ich einen Satz zurück. War das wirklich Großmutter, die dort mit einem bleichen eingefallen Gesicht lag. Ich kam erneut näher. Ich streifte ihren kalten leblosen Körper, und Tränen stiegen mir in die Augen. Auf einmal verspürte ich einen harten Gegenstand unter dem Laken. Ich zog es hervor und konnte nicht glauben was ich da in Händen hielt.

„Maryline, du solltest auf deinem Zimmer sein. Ich bitte dich, das hier ist nicht gut für dich, ich komm gleich nach, dann können wir reden".

Patrize kommandierende Stimme riss mich aus meinen Gedanken. Ich nahm Großmutters Hand während eine Träne auf ihr Gesicht tropfte. Es folgten zwei weitere.

„Ich komme wieder", flüstere ich ihr zu.

Ich ließ sie los, drehte mich um und warf einen Blick zurück und ging mit einem schlechten Gewissen in mein Zimmer zurück. Denn das, was ich in der Hand hielt, war nichts geringeres als ihr Tagebuch. Mir war klar, dass dieses verdammte Buch schon genug Unheil angerichtet hatte. Aber ich musste doch irgendwie erfahren, warum und wann Großmutter diese krankhafte Angst entwickelte hatte und was aus meiner Mutter geworden ist.

Kapitel 7

Ich war mir sicher, dass Großmutter schon lange vor meiner Zeit in dieses Buch geschrieben hatte. Es war so dick, dass sich ungelogen wahrscheinlich die ganze Kindheit von ihr darin befand.

Ich überschlug die ersten Seiten. Sie verrieten mir, dass Großmutter bereits mit 10 Jahren in das Buch schrieb. Doch zwischen 1950 – 1951 waren die Einträge in großen Abständen verzeichnet. Ich überflog jeden Einzelnen, bis ich auf einen Eintrag mit einer vielversprechenden Überschrift stieß:

***

Für Unbefugte ist dieser Eintrag verboten zu lesen 4.8.1951

Ich weiß nicht wie ich anfangen soll. Ich nehme jetzt allen Mut zusammen und schreibe über das, was mir heute vor genau einem Jahr widerfahren ist. Wenn ich wie heute darüber nachdenke, spüre ich dieses unerträgliche Schuldgefühl, das mein

Selbstwertgefühl seit dem Unglück von Tag zu Tag auffrisst.

Es war ein Tag wie jeder andere. Mutter wollte mit Harry, meinem kleinen Bruder, ins Dorf fahren, um ein paar Einkäufe zu erledigen. Vater war wie fast jedes Wochenende auf Geschäftsreise. Heute wollte ich endlich eine verantwortungsvolle Schwester sein. Also schlug ich meiner Mutter vor auf meinen Bruder aufzupassen. Sie zweifelte berechtigter Weise an meiner Zuverlässigkeit. Sie kennt mich und weiß das ich kein Mädchen bin, das gerne im Haus ist um z. B. für die Schule zu lernen oder mehr Verantwortung im Haushalt zu übernehmen. Nein sie kennt meine eigentliche Leidenschaften, wie die Welt zu entdecken, Wetten mit Freundinnen abzuschließen oder Streiche zu spielen. Sie weiß aber auch, dass ich mich von ihr und Vater deutlich vernachlässigt fühle, denn in deren Welt zählt besondere Leistung und Verstand. Ich als mittleres Kind werde da oftmals übersehen. Ich glaube genau aus diesem Grund hatte mir Mutter erlaubt auf meinen Bruder aufzupassen. Ich nehme mal an, dass sie mir damit zeigen wollte, dass sie mir vertraut. Doch genau dieses Vertrauen wurde Harry zum Verhängnis.

Relativ schnell nach dem sie aufgebrochen war, wurde mir klar das mein Bruder mit seinen 4 Jahren eine große Verantwortung war. Ich genoss die Macht meinem Bruder ein wenig herumzukommandieren, wie Mutter es immer bei mir tat.

Ich ging mit ihm in die Küche. Während ich essen zubereitete ließ ich ihn aus den Augen. Erst eine Weile später fiel mir auf, wie ruhig es im Haus war. Und dann der Schock: die Haustür stand sperrangelweit offen. Was dann passierte, fällt mir schwer in Worte fassen. Ich rannte panisch nach draußen, rief und schrie immer wieder seinen Namen. Er war wie vom Erdboden verschluckt. Ich war am Ende. Mein schlechtes gewissen plagte mich. Nach gefühlten endlosen Stunde des verzweifelten Suchens fuhr ein Automobil ans Haus, Mutter war zurück. Mit Tränen in den Augen schilderte ich ihr das Geschehene. Noch am gleichem Tag wurde Harrys Leiche in einem abgelegenen Teich gefunden, der sich bei uns hinter dem Haus befand. Mutter hatte uns immer davor gewarnt dort zu spielen. Doch jetzt war er Tod. Er war viel zu Jung, um zu sterben und wer war Schuld? Ich .

Vor lauter Kummer um den Verlust zogen wir weg. Vater schickte mich auf ein Elite Internat. Ich

glaube mein eigener Vater wollte mich nicht mehr sehen. Zu groß seine Trauer, um seinen einzigen Sohn. Ich höre jetzt auf zu schreiben. Ich will nicht mehr an diese Zeit denken, denn ich spüre schon wie alles wieder in mir hoch kommt, diese Tränen dieses Schuldgefühl.
Doch eins ist sicher, ich werde später in unser Haus am Ende des Waldes zurückkehren, um dort für immer zu leben und meinem Bruder so nahe wie möglich zu sein.

Ich schmiss das Buch auf den Boden. Um es in meinen Worten zusammenzufassen war meine Großmutter indirekt an dem Tod meines Großonkels Schuld. Diesen Verlust hatte sie vermutlich bis heute nicht verkraften können. Wie konnte man sonst ihre krankhafte Angst erklären. Aber bitte aus welchem Grund war meine Mutter verschwunden? War sie auch Tod oder steckte etwas ganz anderes dahinter?

Großmutter hatte geschrieben, sie will in das Haus am Ende des Waldes zurück kehren und es nicht verlassen, bis das der Tod sie davon trennt. Ohne jeden Zweifel ist sie genau wie ich in diesem Haus groß geworden. Und sie hatte es nicht

verlassen...bis jetzt. Bis sie der Tod davon getrennt
hat

Ich war erschüttert von dem Gedanken Ich hatte
niemand mehr, keine Verwandten, niemanden. Die
einzige mir vertraute Person hatte mich heute verlassen. Bevor ich komplett in Tränen versank hörte
ich einen Knall. Ich sah aus dem Fenster. Ich konnte nur unschwer erkennen, dass Patrize und Falco
das Haus verlassen hatten. Auf einer Trage Großmutters lebloser Körper mit einem weißen Tuch bedeckt.
Ohne auch nur eine Ahnung zu haben was ich tat,
flüchtete ich die Treppe hinunter und drückte die
Klinke der sonst verschlossenen Haustür. Für mich
war es das erste Mal, dass ich das Gefühl des kühlen
Windes hautnah mitbekam. Ich wollte einen Schritt
nach draußen machen, doch ich wurde zurück ge-
halten. Eine unsichtbare Kraft lies mich erstarren,
ich drehte mich um. Nichts das mich festhielt,
nichts. Doch eine leise Stimme, die in mein Ohr
drang:
‚Maryline, du weißt, was ich von dieser Sache halte,
du wirst dieses Haus nicht verlassen. Das wirst du
doch nicht tun, willst du mich so enttäuschen?‘
Das konnte nicht sein, dass war unmöglich. Ich hat-

te mir das nicht eingebildet so unglaubwürdig es auch klingen mag, dass was ich da hörte, war die schwache aber energische Stimme meiner Großmutter. Ich kann mich bis heute noch bis ins kleinste Detail an diese Situation erinnern. Ich hatte es mir nicht eingebildet. Großmutter hatte mit mir gesprochen .

Langsam dreht ich mich um, schloss die Haustür und taumelte zurück in mein Zimmer. Das ganze hatte mich so verwirrt, dass ich keinen klaren Gedanken fassen konnte. Ich konnte nicht mal mehr Weinen, geschweige denn, realisieren, dass sich ab sofort wohl alles in meinem Leben ändern würde. Bevor ich mit meinem Verstand völlig am Ende war, öffnete sich langsam die Zimmertür. Der sonst so strenge und erhabene Blick des Butlers war heute alles andere als vorbildlich. Sein Gang war gebeugt, sein Gesicht durch Sorgenfalten geprägt. Als ich ihn ansah, schimmerten Tränen in seinen Augen.
Man muss dazu sagen, Falco war am aller längsten bei meiner Großmutter angestellt. Um es genau zu sagen, hatte er fast die Hälfte seines Lebens damit verbracht Großmutter zu dienen. Er hatte wie auch Patrize und unser Koch keine Verwandt-

schaft, oder engere Freunde, an die er sich gebunden fühlte. Alle drei waren genau so abhängig
wie ich von einer Person, die nun nicht mehr der
Mittelpunkt unseres Lebens war.

Falco setzte sich neben mich aufs Bett. Es war eine
unangenehme Situation. Und doch war ich froh,
ihn in meiner Nähe zu haben. Es war so still, dass
man eine Nadel hätte fallen hören.
„Maryline, es tut mir so unglaublich leid, was heute
passiert ist, aber na ja hast du - ich meine - hast du
irgendwelche Fragen?“
Er stotterte unbeholfen und unterbrach damit das
Schweigen. Ich antwortete nicht sofort. Ich ließ es
mir erst mal durch den Kopf gehen was er damit
meinte.
„ Du beantwortest mir alles? Ehrlich?“
„Ich werde mir Mühe geben“.
Mir fielen unendlich viele Fragen ein, doch eine
war mir am Wichtigsten.
„Wie wird es weiter gehen? Ich meine für uns, ich
meine jetzt wo Großmutter nicht mehr da ist? Was
wird aus mir, aus unserem Leben, muss ich fort?“
Falco zögerte. Ich erwartete keine direkte Antwort,
so wie es in der Vergangenheit so oft der Fall war,
wenn es Ernst wurde. Doch er setzte tatsächlich zu

einer Antwort an .

„Was das Geld angeht brauchst du dir keine Sorgen
zu machen. Elisabeth war keine arme Person. Was
dich angeht hat sie alles vorgeplant. Es wird alles
so weiter gehen wie bisher. Mehr gibt es nicht zu
sagen. Es tut mir leid, entschuldige mich bitte."

Er rieb sich seine Augen und verließ mit schnellen
Schritten das Zimmer. Ich hatte mehr von unserem
Gespräch erwartet. Obwohl mir schon längst klar
war, dass in diesem Haus niemand gerne über die
Vergangenheit redete.

Ich beschloss den Tag abzuschließen. Aber morgen,
das versprach ich mir, würde ich herausfinden was
mit Mutter geschah.

Kapitel 8

*E*s war eigentlich zunächst wie jeden Morgen.

Mein Wecker klingelte, ich zog mich an und wusch mich. Doch mir fehlte etwas ganz Wichtiges und wie mir schon in der nächsten Minute klar wurde, war ich nicht die Einzige. Es herrschte eine unangenehme Stille am Tisch. Der Tisch war reich gedeckt. Ich jedoch bekam keinen Bissen runter. Ich erwartete eine Aufforderung meinen Tee zu trinken. Doch alle waren still. Jeder schien seinen eigenen Gedanken nachzuhängen. Es störte auch niemand, dass ich meine Ellenbogen am Tisch hatte. Ich ließ meinen vollen Teller stehen und ging in mein Zimmer. Ich ertrug die traurige, schwermütige Stimmung nicht. Also setzte ich mich auf mein Bett, nahm das schwere Buch vom Nachtisch und klappte es auf.

***

27.07.2003

Grace scheint sich immer mehr von mir abzuwenden. Wir reden kaum noch miteinander. Und auch nur dann, wenn sie etwas von mir will. Doch ich weiß, dass ihre abweisende Art nicht von irgendwo kommt. Williams schlechter Einfluss ist daran Schuld. Ich dachte immer, die Eröffnung einer Kneipe im Ausland wäre nur eine Phase der beiden, doch jetzt steht das alles tatsächlich in Planung. Sie sind sogar schon für ein Wochenende hingeflogen und haben sich eine geeignete leerstehende Bar angesehen. Ich hatte natürlich darauf bestanden, dass Maryline bei mir bleibt. Was alles auf so einer langen Reise passieren kann?
Ich hatte natürlich gehofft, dass es Grace und William nicht gefallen wird, doch im Gegenteil, sie kamen begeistert zurück.

***

11.09.2004

Ich weiß gar nicht wo ich anfangen soll. Ich habe ein furchtbar schlechtes Gewissen, doch gleichzeitig ist mir bewusst, dass ich richtig gehandelt habe. Zwischenzeitlich ist ein halbes Jahr vergangen, seit die beiden nach Florenz aufgebrochen waren. Als sie mir von ihrem Plan erzählt hatten, stand die Frage im Raum, was mit dem Kind passieren sollte. William war auf meiner Seite. Er war auch der Meinung, dass ich sie nach feiner englischer Art erziehen sollte. Eine Kneipe, sowie die beiden es geplant hatten, war nicht die richtige Umgebung für ein kleines Mädchen. Doch Grace war strikt dagegen. Natürlich wollte sie als Mutter ihr Kind bei sich haben und aufwachsen sehen. Wir diskutierten lange Zeit über dieses Thema. Schließlich konnten wir beide sie umstimmen. Ich versprach ihr, den beiden dafür finanziell unter die Arme zu greifen. Natürlich wäre es mir lieber gewesen, Grace wäre erst gar nicht fortgegangen und hätte die kleine Maryline aufwachsen sehen und ihr eine gute Mutter sein können. Aber der Wunsch nach Abenteuer und Freiheit war wohl stärker. Sowie ihre Liebe zu William.

Die Einflüsse anderer Menschen führten schließlich dazu, dass ich meine Tochter verloren hatte. Die Außenwelt hatte mir bereits zwei unverzichtbare Menschen genommen. Um nicht auch noch Maryline zu verlieren musste ich letztendlich handeln.

Die Kleine und ich haben seit 5 Monaten keinen Schritt mehr vor die Tür gemacht. Nur Falco, Patrize und der Koch gehen gelegentlich ins Dorf um alles Notwendige zu erledigen. Zu unserem Schutz habe ich Gitter vor allen Fenstern im Haus anbringen lassen. Denn hin und wieder haben sich Leute des Dorfes zu uns begeben. Sie stehen vor dem Fenster und bezeichnen mich als Hexe. Nicht gerade selten schreien sie ich bräuchte Hilfe, ich sei Krank. Psychisch krank, eine Zumutung für die Menschheit. Ich lass es mir nicht anmerken, aber wenn ich ehrlich bin, verletzten mich diese Anschuldigungen sehr. Ich will doch nur das Beste für meine Enkelin. Sie ist das Einzige was mir geblieben ist.

***

12.01.2005

Grace macht es mir nicht einfach, sie schickt regelmäßig Briefe, in dem sie davon schwärmt uns bald zu besuchen. Und wenn alles gut klappt wird sie Maryline in einem guten Jahr nachholen. Das kann sie doch nicht machen! Ich bin mir sicher, dass Marylines Zukunft in meinen Händen besser aufgehoben ist. Sie wird das ganze nicht schaffen

71

alles unter einen Hut zu bekommen. Außerdem weiß ich, dass William noch nie großes Interesse an seiner Tochter gezeigt hatte. Sie wäre ihm sicher nur im Weg. Und bevor so einer wie er meine Enkelin aufzieht, nehme ich lieber in Kauf eine Entscheidung zu treffen, für die mich meine Tochter und später auch Maryline hassen werden. Doch wird sie später in mein Alter kommen, wird sie mir dafür dankbar sein.

Wie gesagt, so getan ich habe auf keinen ihrer Briefe geantwortet. Nicht auf den ersten, nicht auf den letzten und ebenfalls nicht auf die, die noch folgen würden. Ein paar dieser Briefe waren speziell an Maryline gerichtet. Ich sollte diese an sie weiterleiten, sobald die Kleine in ein Alter kommt, in dem sie unsere Situation versteht . Ob ich das tun werde steht noch offen. Ich will sie nicht verletzen, sie soll nicht denken, dass man sich nicht für sie interessiert hat.
Ich habe alle Briefe behalten und sie in der Bibliothek im hinteren Regal versteckt.

Ich warf das Buch auf die Seite. Die Briefe meiner Mutter! Sie existieren! Ich war ihr nicht egal, sie hatte gekämpft. Sie wollte mich sehen. Sie wollte mich zu sich holen.

Eilend sprang ich auf. Ich öffnete die knarzende Tür der Bibliothek. Die Luft war wie immer erschreckend schlecht. Hustend zwang ich mich zum letzten Regal. Ich arbeite mich von oben nach unten. Durchsuchte jedes Buch. Als ich die Hoffnung fast schon aufgab, fiel mein Blick hinter das Regal. Ein verstaubter großer Umschlag hing eingeklemmt zwischen Wand und Regal. Ich griff danach. Weder die schlechte Luft noch der staubige Film des Umschlags konnten mich daran hindern die Briefe an Ort und Stelle zu öffnen. Es waren mindestens 30 Briefe, die wohl nie beantwortet wurden.

Kapitel 9

14.04.2005

Liebe Maryline,
mein kleines Mäuschen. Es gibt so viel zu sagen,
dass ich das nicht mit tausenden von Worten erklären könnte. Ich habe dich zurück gelassen.
Trotz alledem bist und bleibst du immer ein Teil
von mir. Und genau dieser Teil fehlt mir so sehr!
Im Nachhinein weiß ich, dass wir unser neues Leben später mit dir beginnen hätten sollen. Ich
würde alles dafür geben, das ganze nochmal neu
erleben zu dürfen, wie deine kleine Hände nach
mir greifen, du deine ersten unverständlichen
Worte von dir gibst, dich über etwas freust, deine
ersten Krabbelversuche startest, oder zu deinem
ersten Schritt ansetzt. Das ganze habe ich ver-

passt. Ich bin nicht böse wenn du mich als schlechte Mutter bezeichnest, denn genau das bin nicht. Ich wollte nicht auf dich verzichten, das kannst du mir glauben. Du bist meine Tochter, Mütter wollen doch immer nur das Beste für ihre Kinder oder? Ich hätte mich für dich entscheiden können. Ich wäre glücklich, da ich dich hätte aufwachsen sehen können. Gleichzeitig war mir aber auch bewusst, dass wir dir nichts hätten bieten können. Wir hätten kaum Zeit für dich gehabt. Also habe ich mich schweren Herzens gegen dich entschieden. Um dir die Zukunft bieten zu können, die du verdienst. Und jetzt ist die Zeit gekommen, wo wir uns für dich entscheiden. Sobald ich eine Antwort von deiner Großmutter erhalte, fahre ich zu euch und hole dich ab.

In Liebe deine Mutter

Ich konnte es nicht realisieren. Für mich war das viel mehr als ein Brief. Es war die Erlösung, ja so konnte man es tatsächlich nennen. Denn was ich da in meinen Händen hielt, zeigt mir, dass ich meiner Mutter nicht egal war. Sie hatte selbstlos gehandelt, ohne Zweifel. Sie wollte mich auch beschützen. Und genau aus diesem Grund konnte ich in keinster Weise nachvollziehen, wie Großmutter sie so hart hintergehen konnte.

Ich hielt die Umschläge in meinen Händen. Sie hatte mir jeden Geburtstag geschrieben . Jedes Mal hatte sie sich die Mühe gemacht und mir geschrieben. Ihr war sicher bewusst, dass ich die Briefe nicht zu lesen bekommen würde, trotzdem gab sie nicht auf.

Eine Träne tropfte auf einen der Briefe. Die Tinte verschwamm, und ehe ich das Wort entzifferte wurde mir klar, dass dieser Brief von Großmutter war, gerichtet an mich.

Liebe Maryline,

wenn du diesen Brief liest, werde ich wahrscheinlich nicht mehr bei euch sein.
Schließlich kennst du mich und weißt, dass
ich dich nie in die Bibliothek gelassen hätte.
Jetzt hast du die Briefe gefunden, und fragst
dich, was für eine schreckliche Person ich
doch war. Und wie um alles in der Welt man
so herzlos sein kann. Das kann ich dir ver-
raten:

Denn wenn man einen Menschen über alles
liebt, greift man manchmal zu solchen Mit-
teln, die einem im ersten Moment richtig erscheinen. Bis man versteht, dass man kein
menschliches Wesen in Gefangenschaft groß-
ziehen kann, nur weil man diesen geliebten
Menschen nicht verlieren will. Jetzt wo mein
kleines Mädchen zu einer erwachsenen Frau
heranwächst, kommen viele Fragen ans Licht.

Du denkst wirklich, dass ich nie gewusst habe, dass du heimlich Bücher gelesen hast oder Luft durch die Regenrinne atmen wolltest? Ich glaube, hätte es diese Bücher oder andere Merkmale der Außenwelt nicht gegeben, würden es solche Fragen über deine Mutter nicht geben.

Du wusstest schon immer, dass es für Menschen nicht normal war, das Haus nicht zu verlassen. Dir war auch schon immer klar, dass unser Leben nicht normal ist.

Du bist ein neugieriges Kind. Mir war bewusst, dass der Tag kommen wird an dem du das Haus verlassen willst, also musste ich dich einschüchtern und versuchen dir klar zu machen, wie Böse die Welt ist. Es zerriss mir fast das Herz zu sehen, wie du vor dem Fenster sitzt, während die Leute aus dem Dorf davor standen und mich derartig beschimpften und beleidigten. Du hast mich jedes Mal gefragt, warum uns die Leute nicht mögen. Genau vor solchen bösartigen Menschen, musste ich dich fernhalten. Jetzt kannst du mein Handeln noch nicht nachvollziehen aber später wirst du mir für so eine sichere Kindheit dankbar sein.

Deine Dich über alles liebende Großmutter

Man verbringt sein Leben lang mit dieser einen Person, glaubt all seine Facetten zu kennen, deren Einstellung dem Leben gegenüber.

Und erst wenn es ernst wird, stellt man fest, dass man die zweite Persönlichkeit eines Menschen nie wirklich wahrgenommen hat. Es zeigt sich ein völlig anderes Wesen. Und man fragt sich, ist das wirklich die Person die man liebt? Oder täuschen uns unsere Gefühle Tag für Tag? Man bemerkt, dass hinter jeder Entscheidung ein entscheidender Gedanke steckte. Doch ob dieses Handeln trotz alledem wirklich Sinnvoll war, steht offen.

Was genau ich von dem Brief halten soll, weiß ich bis jetzt noch nicht. Hat er mir die Augen geöffnet? Oder wurde ich dadurch noch mehr verunsichert. Doch eins wurde mir klar.

Ich dachte über die Tage vor Großmutters Tod nach. Hatte ich mich gegenüber ihr richtig verhalten? Um ehrlich zu sein, habe ich sie seelisch zum Ende hin ganz schön fertig gemacht. Schließlich kam ihre krankhaften Störungen ja nicht von irgendwoher. Sie hatte ihren kleinen Bruder, Harry, und Mutter verloren und dass durch Einfluss der Außenwelt, wie wir es nannten. Hatte sie deshalb so eine Angst entwickelt, mich auch verlieren zu können? Ich werde ihr niemals verzeihen können. Sie hat mir meine Kindheit genommen - doch ich - ich bin an ihrem Tod nicht ganz unbeteiligt. Wenn man auf die letzten Wochen zurück blickte, war das Fazit eindeutig. Ich habe sie täglich mit Fragen überfallen, die ihre Vergangenheit aufwühlten. Ich habe ihr vorgeworfen, sie sei eine schlechte Großmutter. Meine eigene Situation war das einzig Wichtige für mich. Hätte ich auch nur ein Stück an ihre Gefühle und Gedanken gedacht, wäre mir aufgefallen, dass sie Krank war. Nicht körperlich, sondern seelisch. Sie hätte psychologische Hilfe gebraucht, was gab ich ihr? Sterbehilfe.

Ruckartig stand ich auf. Meine Miene verfinsterte sich. Ich fühlte mich wie von etwas besessen. Nun zeigte ICH mein zweites Gesicht.

Ich griff nach dem Regal. Ein einziger Gedanke an Großmutter und schon riss ich es zu Boden. Ich fand in der Nähe Streichhölzer. Ein zischen und schon stand der Brief in Flammen. Ohne mein Handeln wahr zu nehmen, ließ ich ihn fallen. Der Holzboden nahm das Feuer sofort auf. Schnell war ich umringt von Flammen.
Was hatte ich getan? Es gab nur einen Ausweg

mich zu retten. Ich tat das, vor dem mich Großmutter immer warnte. Zitternd griff ich nach einem Regal. Mich trennten nur noch wenige Schritte davon. Das Feuer fraß sich durch die Möbel. Mit ungeahnter Kraft warf ich das Regal samt Bücher gegen das Fenster. Das Glas zersprang. Ich schnappte nach Luft.

Ich konnte kaum meine Augen offen halten. Lag es an dem dichten Rauch? Oder war ich einfach so überwältigt von dem Moment, auf den ich wartete, seit es Mutter nicht mehr gab.
Ich nahm eine Scherbe, um zu testen ob ich bei vollem Verstand war und strich mir damit über den Arm. Es blutete schnell doch ich empfand keinen Schmerz. Ich weiß nicht wieso, aber ich empfand es als eine Erleichterung. Selbst die Brandwunden an meinen Beinen störten mich nicht. Das Einzige was ich wusste war: Das Feuer ließ mir keine Zeit. Ich musste springen! Ich atmete tief durch. Doch erst als ich über den Rand des Fensters sah, wurde mir klar, wie hoch das ganze war. Ich wollte nicht! Mein Inneres sträubte sich.
„Zurück, ich will zurück!", schrie ich laut.
Und genau in diesem Moment richtete sich mein körperliches Dasein gegen mein reales ICH:

Ich sprang! Das war der erste Moment, bei dem ich mit voller Überzeugung sagen kann, ich habe meine eigene Entscheidung getroffen!

Kaum kam ich auf dem nassen Boden auf, verspürte ich unbeschreibliche Schmerzen. Ich versuchte sie zu ignorieren. Ich wollte - nein musste - schreien, doch nicht mal das brachte ich zustande. Mir war übel. Ehe ich auch nur meine blutigen Hände und Schürfwunden an den Beinen zur Kenntnis nahm, sah ich mich um. Ist dass der Anfang vom Ende?

Überwältigt von dem Gefühl endlich in der „Außenwelt" zu sein, griff ich nach der Erde. Schluchzend rieb ich mir diese über den Körper. Ich war der Natur so nah wie noch nie! Vergessen waren die Schmerzen. Zu überwältigt war ich von dem frischen Wind, der Erde und der Umgebung, um mich herum. Es war Still. Nur das Platschen des Regens, war zu Hören. Ich genoss es, streckte meine Arme zum Himmel und fühlte den Regen, die Luft und mein neues ICH! Doch das Glücksgefühl währte nicht lange.

Kapitel 10

*M*an fragt sich, sind die Tränen ein Zeichen der Erleichterung, der endlosen Hoffnung, dass was man gerade lebt erleben zu dürfen? Ich kann nicht mehr zwischen Trauer und Freude unterscheiden. Wenn ich mich zurück erinnere, bemerke ich, wie albern das für Außenstehende wirken muss. Wie ich da auf der nassen schlammigen Erde lag und mein Atem immer schneller wurde. Ich glaube niemand kann diese Situation verstehen, wenn er nicht hautnah das erlebt hätte, was ich Jahre lang durchgemacht habe. Die Luft durch die rostige Regenrinne zu atmen war mit Abstand die einzige Möglichkeit die Außenwelt zu spüren.

Verzweifelte Rufe holten mich in die Realität zurück.
Das erste Mal nach meinem Sprung in die buchstäbliche Freiheit, warf ich ein Blick zurück.
Überall Rauch und Flammen, die sich durch die Fenster fraßen. Die Rufe wurden immer Lauter.

Der Brief, die Flammen! Erst jetzt wurde mir bewusst, was ich angerichtet hatte. Ich drückte mich vom Boden ab. Ich hatte Angst. Angst zu realisieren, dass Menschen in dem Haus waren. Ich schrie, es war ein verzweifelter Hilfeschrei. Es waren Personen, mit denen ich all die Jahre aufgewachsen bin, und mir gerade deshalb wichtig waren.

Keuchend lief ich zum Haus zurück. Die Tür war - wie sonst auch - verschlossen. Verzweifelt rüttelte ich an der Tür, versuchte sie einzuschlagen. Nichts, keine Chance. Die Rufe und Schreie verstummten. Ich sah nach oben zu den Fenstern. Ich hielt mir vor Schreck den Mund zu. Ein lebloser Arm hing aus dem Fenster. Ich hatte Menschen in Gefahr gebracht, verletzt oder sogar getötet! Verbrannt.

Mein Herz war ein riesiger Klumpen, ich stöhnte. Mein Gewissen zog mich zu Boden, meine Beine schwer wie Blei. Die Verletzungen an meinem eigenen Körper taten plötzlich unglaublich weh.

Es war vorbei, Ende, Game over. Ich hatte die Einzigen mir vertrauten Menschen auf eine derartige grässliche Art umgebracht. Ich war am Boden. Mein Keuchen wurde zu leisem Wimmern. Mir fällt es immer noch schwer, Worte dafür zu finden, wie mich meine Gefühle in diesem Moment überwältigten. Anstatt aufzustehen schnappte ich einfach nur nach Luft und schrie. Ein verzweifeltes Schreien. Ich ließ es einfach raus. Ich kann nicht mehr, ich will nicht mehr. Soviel hatte ich gekämpft. Ich hatte versucht es jedem recht zu machen. Ich lebte mein Leben ausschließlich für Großmutter. In Gefangenschaft, nie andere Menschen kennengelernt zu haben. Nicht einmal einen Fuß vor die Haustür gesetzt. Wie oft saß ich da - mit dem Gedanken aus dem Fenster des obersten Stocks zu springen. Das Leiden zu beenden.

Großmutter glücklich machen, sie Stolz machen, danach lebte ich. Fragen ohne Antworten, war der der Grundsatz meines Lebens. Zu oft, wenn ich nicht spurte, wurde ich ins Zimmer gesperrt. Kein Verständnis. Wie oft wurde ich zu Dingen gezwungen, die ich nicht wollte. Im zarten Alter von 5 Jahren wurde mein Leben schon bis auf das kleinste Detail geplant. Eigene Wünsche oder Ziele wurden in den Vorstellungen meiner Großmutter nur ungern gesehen. Sie versuchte mir eine eigene kleine Welt zu schaffen, in der ich mein Leben ohne Probleme, Sorgen und fremden Einflüssen leben könnte.

Doch wenn man so eine Welt will, muss man auf ein soziales Umfeld verzichten. Ich bin mir sicher, Großmutter hatte das Gefühl alles falsch gemacht zu haben in der Erziehung meiner Mutter. Denn am Ende hatte auch auch sie meine Mutter an einen anderen Menschen – meinem Vater – verloren.

Erst in den letzten Monaten wurde mir bewusst, dass sich etwas ändern musste. Hätte ich das Tagebuch nur früher gefunden! Dann wäre mir womöglich schneller klar geworden, dass Großmutters Verhalten die Folgen ihrer Kindheit waren. Ich wünschte ich könnte jetzt sagen, dass sie krank ist. Aber jetzt ist sie Tod.

Hatte ich sie mit meinen täglichen Fragen nach Mutter so sehr belastet? Ist es denn nicht selbstverständlich, dass Kinder früher oder später wissen wollen, wieso es es nicht nach draußen zum Spielen darf, wieso es keine Mutter gibt. Nach meinen Vater wollte ich gar nicht fragen. Wieso musste Großmutter sterben. Ist es tatsächlich meine Schuld, dass es sie nicht mehr gibt.
Ich hatte nicht nur Großmutter zum Sterben gebracht. Falco, Patrize und Salvatore sind ebenfalls

Tod. Das alles wegen mir. Es sind unerträgliche Gedanken!

Ich hatte Großmutter so unglaublich lieb. Ich war abhängig von ihr. Hatte sie einen schlechten Tag, teilte ich diesen mit ihr. War sie Glücklich, ging es mir gut. Obwohl sie mir so viel Leid und Schmerzen zugefügt hatte, konnte ich mir ein Leben ohne sie nicht vorstellen!
Großmutter hatte immer gesagt:
‚Das Leben ist ein Geschenk des Himmels, du sollst es schätzen so wie es ist´.
Doch was soll man mit so einem wertvollem Geschenk, wenn man keine Macht darüber hat, es so zu gestalten, dass man glücklich und zufrieden damit Leben kann? Du fühlst dich machtlos gegenüber dem was du tun möchtest. Du hast kein Recht darüber zu entscheiden. Es ist enttäuschend zu wissen, dass man das, was man aus seinem Leben machen könnte, niemals erleben darf. Dein Schicksal, deine Zukunft liegt in der Hand einer anderen Person. Du hast Ziele, Träume vom Leben, alberne Fantasien ohne Sinn. Du fragst dich, was wäre wenn? Was wäre, wenn ich meine eigenen Entscheidungen hätte treffen dürfen? Wie wäre dann mein Leben verlaufen, welche Person wäre ich dann?

Es sind Fragen ohne Sinn. Obwohl ich es weiß, stelle ich mir diese täglich. Und was bringt es mir? Nichts!
Du stehst vor Entscheidungen. Könntest in der Gefangenschaft weiter Leben. Das alles, von dem du träumst, an dir vorbei ziehen lassen. Nichts von alledem erleben zu dürfen, nur um es einer Person, die du liebst, recht zu machen, weil du vergisst, dass du nicht nur für jemanden anderen leben solltest. Denn du lebst für dich. Um irgendwann im Alter sagen zu können, ich habe für mich gelebt. Ich bin/war zufrieden mit meinem Leben.

Du könntest das Leiden beenden. Du könntest dich geschlagen geben. Du hast so viel gelitten. Täglich gekämpft, doch wenn du nicht mehr kannst, dann geht das alles nicht mehr. Du kannst alles mit einem Messerstich beenden. Ein Sprung von einem hohen Gebäude und schon wäre es vorbei .

Oder du entscheidest dich für das Leben, das du schon immer leben wolltest. Während du bedenken musst, dass du dich damit aber automatisch gegen die Person entscheidest, für die du in der Vergangenheit gelebt hast.

Genau vor so einer Entscheidung stehe ich jetzt.
Das ganze Leiden mit einem Messerstich zu beenden, ist das wirklich das, was ich will? Mich selbst umzubringen? Ist das die Lösung für meine Probleme? Nachdem ich so vielen Menschen den Tod gebracht habe? Da ist es doch nur Fair mich dem gleichen Schicksal hinzugeben oder?

● ● ●

Eine warme Hand legt sich auf meine Schulter.
Überrascht drehe ich mich um. Ich blicke in das entstellte Gesicht einer mir bekannten Person. Überwältigt von meinen Gefühlen lasse ich mich in Falcos Arme fallen.
„Du lebst!", flüstere ich schluchzend.
Ich will noch mehr fragen. Haben auch Patrize de la San und Salvatore überlebt? Doch er kommt mir zuvor.
„Es tut mir leid, Maryline. Von ganzem Herzen. Ich konnte ihnen nicht helfen. Du brauchst dich nicht zu entschuldigen. Das warst nicht du, die das Feuer gelegt hat, es war das Mädchen, zu dem wir dich gemacht haben. Mir hätte viel früher klar werden sollen, dass man einem Menschen nicht

dass Wichtigste nehmen kann. Aber wir haben es
getan! Wir haben dir alle Rechte auf ein freies Leben genommen. Und das erst so ein Unglück passieren muss, dass ich zur Vernunft komme, ist erschüt-
ternd und nicht zu entschuldigen. Wenn ich könnte,
würde ich mein Leben dafür geben, alles wieder
Rückgängig zu machen, was wir mit dir gemacht
haben. Aber ich kann nicht. Ich kann dir nur das
hier geben."
Er holt etwas hinter seinem Rücken hervor. Es ist
Großmutters Tagebuch. Das erste Mal seit langem
muss ich lächeln. Ich nehme es an mich und halte es
ganz fest.
Sirenen ertönen aus der Ferne. Ich habe furchtbare
Angst. Verstört sehe ich in Falcos dunkle Augen.
„Ich habe Angst", sage ich mit zitternder Stimme.
Ich spüre erst jetzt die Brandwunden, die
Schmerzen des Aufpralls. Mir wird schwindelig. Ich
will aufstehen, doch ich kann mich nicht bewegen.
Mir wird schwarz vor Augen. Eine leise Stimme er-
tönt. Ich träume nicht. Sie ist es mit ihrer leisen
mächtigen Stimme spricht sie zu mir......

„Ich liebe dich Maryline. Ich bin bei dir....."

Autorin:

Tamina Pia Albo wurde 07.09.2003 in Ostfildern bei Stuttgart geboren. Bereits mit 7 Jahren schrieb sie ihre ersten Geschichten und entdeckte das Schreiben für sich als Hobby. Dieses Buch schrieb sie mit 13 Jahren. Jetzt mit 14 Jahren ist sie immer noch mit Freude dabei, und will ihre Leidenschaft zum Beruf machen.

Ich sage danke:

Ich will mich von ganzen Herzen bei meiner Familie und Freunden für die Unterstützung bedanken. Sie gilt besonders für:

E. Albo, die sich gerne dafür Zeit genommen hat meine Lektorin zu sein. Du hast immer an mein Buch geglaubt. Auch wenn ich unter Zeitdruck stand und kurz davor war, alles hin zu schmeißen, konntest du mich ermutigen weiter zu machen.

J. Kummer, die mich mit ihren Einfällen regelrecht überhäufte. Wenn ich in einer einfallslosen Krise steckte, warst du es, die mir jedes mal einen Rat geben konnte. Du hattest viele Ideen, die ich zwar nicht wirklich umsetzte, mich aber auf andere Vorgehensweisen brachte.

N. Uhrig, die die gleiche Leidenschaft seit 7 Jahren mit mir teilt, war immer für ein guten Rat da. Du hast mich in vielen schwierigen Situationen meines Buches beraten können und mir somit sehr geholfen.

Bei allen anderen Unterstützern will ich mich ebenfalls bedanken. Auch wenn ich nicht jeden Einzelnen hier erwähnt habe, bitte ich um Verständnis. Herzlichen Dank!